Un buen equipo

¡Lee más libros de UNICORNIO y YETI!

UNICORNIO y YETI

Un buen equipo

escrito por
Heather Ayris Burnell

arte de
Hazel Quintanilla

SCHOLASTIC INC.

Para Elijah. ¡Me alegra tanto que estés en mi equipo! — HAB

A mi papá, que me enseña a encontrar la felicidad en todas las cosas cada día — HQ

Originally published in English as *A Good Team*

Translated by Abel Berriz

Text copyright © 2019 by Heather Ayris Burnell
Illustrations copyright © 2019 by Hazel Quintanilla
Translation copyright © 2020 by Scholastic Inc.

The publisher does not have any control over and does not assume any responsibility for author or third-party websites or their content.

No part of this publication may be reproduced, stored in a retrieval system, or transmitted in any form or by any means, electronic, mechanical, photocopying, recording, or otherwise, without written permission of the publisher. For information regarding permission, write to Scholastic Inc., Attention: Permissions Department, 557 Broadway, New York, NY 10012.

This book is a work of fiction. Names, characters, places, and incidents are either the product of the author's imagination or are used fictitiously, and any resemblance to actual persons, living or dead, business establishments, events, or locales is entirely coincidental.

ISBN 978-1-338-60116-9

10 9 8 7 6 5 4 3 2 1   20 21 22 23 24

Printed in China 62
First Spanish edition, 2020

Book design by Sarah Dvojack

Contenido

El balón

Unicornio vio a Yeti patear el balón.

¡Eso parece divertido!

Me gusta patear el balón.

Eres bueno en eso.

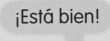
¡Está bien!

No soy bueno pateando el balón.

Me gusta hacer rebotar el balón con la rodilla.

También eres bueno en eso.

4

Me gusta hacer rebotar el balón con la cabeza.

¡Eres muy bueno en eso!

¡Juega conmigo!

¡Está bien!

¡Mira! ¡Tengo el balón en la cabeza!

Soy **tan** bueno haciendo rebotar el balón con la cabeza, que ni se cayó.

No hiciste rebotar el balón con la cabeza.
¡Lo tienes **atascado** en la cabeza!

Te ves raro con el balón en la cabeza.

Me siento raro con el balón en la cabeza.

¡Ay, no!

No puedo quitármelo.

13

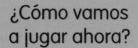

¿Cómo vamos a jugar ahora?

No se puede patear una anilla. No se puede hacer rebotar una anilla.

Es verdad.

14

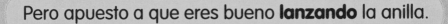

Pero apuesto a que eres bueno **lanzando** la anilla.

¿Quieres que lance la anilla?

¡Sí! Lánzamela.

Unicornio y Yeti jugaron a lanzar la anilla una...

y otra vez...

¡y otra vez!

19

Una competencia

Hagamos una competencia.

¿Qué tipo de competencia?

¡Una de correr!

Correr no es divertido.

¡Correr es lo mejor!

¿Qué tipo de competencia sería divertida para **ti**?

Una competencia de rodar.

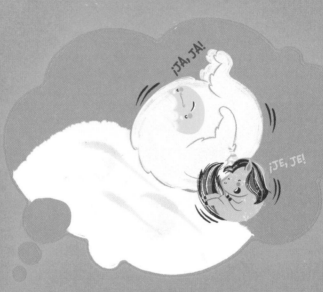

Eso suena difícil.

Una competencia de rugir sería lo mejor.

¡GRRR!

¡GRRR!

Yo no sé rugir bien.

Unicornio y Yeti corrieron.

Yeti siguió corriendo.

¡Y entonces vio una roca!

Movió la roca.

Siguió corriendo.

¡Y entonces tropezó!

Rodó.

Rugió.

Siguió corriendo.

34

37

Sobre el hielo

¡Mira! ¡Hielo!

No te acerques.
Podríamos resbalar.

El hielo **es** resbaloso.
Por eso es divertido.
Deberíamos patinar.

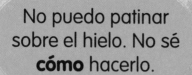

No puedo patinar sobre el hielo. No sé **cómo** hacerlo.

Yo tampoco sé patinar sobre el hielo.

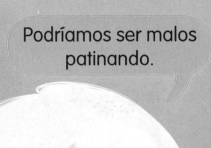

Podríamos ser malos patinando.

O podríamos ser buenos.

¡No lo sabremos si no lo intentamos!

Necesitamos patines de hielo.

¡Me gustan estos patines de hielo!

44

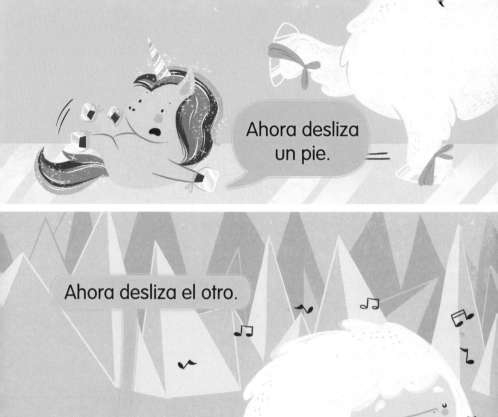

Ahora desliza un pie.

Ahora desliza el otro.

45

¡Mírame!
¡Estoy patinando
sobre el hielo!

Puedo patinar hacia delante.

Puedo patinar
hacia atrás.

46

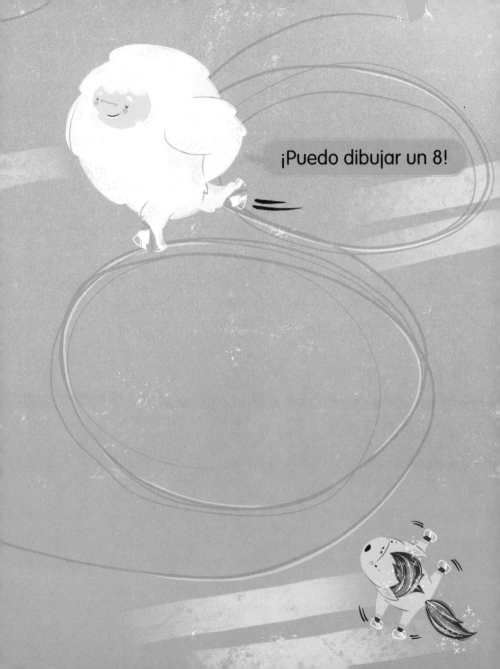

¡Eres un patinador nato!

Tú no eres un patinador nato.

¡Estoy patinando!

Me alegra haberlo intentado, aunque el hielo sea resbaloso.

¡Patinar sobre el hielo es mágico!

54

56